AF370227

OBJETS D'ART

ET DE CURIOSITÉ

EXPOSITION PUBLIQUE :

Le Dimanche 18 Février 1866

Mᵉ Ch. PILLET, Commissaire-Priseur

MM. MANNHEIM, Experts

PARIS. — IMPRIMERIE PILLET FILS AINÉ

5, RUE DES GRANDS-AUGUSTINS

CATALOGUE

D'UNE BELLE COLLECTION

D'OBJETS D'ART

ET DE CURIOSITÉ

Verres de Venise de belle qualité;
Beaux Plats en Faïence d'Urbino; Jolies Pièces en ancienne Faïence de Delpht;
Bijoux et Orfèvrerie des XVIe et XVIIe siècles;
Manuscrits enrichis de Miniatures des XIVe et XVe siècles;
Objets en fer forgé;
Émaux de Cologne et de Limoges;
Horloges du XVIe siècle; Émaux Louis XV; Meubles en bois sculpté;
Cabinets italiens en bois d'ébène incrusté d'ivoire;
Très-beau Meuble de salon du temps de Louis XIV en bois sculpté,
couvert en Tapisserie

LE TOUT ARRIVANT DE L'ÉTRANGER

ET DONT LA VENTE AURA LIEU

HOTEL DROUOT, SALLE N° 1

Les Lundi 19 et Mardi 20 Février 1866

A DEUX HEURES

Par le ministère de Me **CHARLES PILLET**, Commissaire-Priseur,
rue de Choiseul, 11,

Assisté de MM. **MANNHEIM**, Experts, rue de la Paix, 10,

Chez lesquels se distribue le présent Catalogue.

EXPOSITION PUBLIQUE

Le Dimanche 18 Février 1866, de une heure à cinq heures.

CONDITIONS DE LA VENTE

Elle sera faite au comptant.

En sus des enchères les acquéreurs payeront *cinq pour cent*.

L'exposition mettant le public à même de se rendre compte de l'état des objets, il ne sera admis aucune réclamation une fois l'adjudication prononcée.

Paris. Imp. PILLET FILS AÎNÉ, rue des Grands-Augustins, 5.

DÉSIGNATION
DES OBJETS

Verrerie de Venise

1 — Très-beau verre de Venise à couvercle, sur pied à torsades à filets d'émail bleu, rouge et blanc, et avec parties en verre bleu, travaillé à la pince. Le bouton du couvercle est formé par un oiseau. Haut.. 38 cent.

2 — Grand verre sur pied élevé, formé d'enroulements en spirale à filets d'émail blanc et rouge, et enrichi de têtes d'oiseaux en verre bleu travaillé à la pince. Haut., 32 c.

3 — Autre verre à coupe incolore et sur pied formé de serpents enroulés à filets d'émail blanc et rose, et parties travaillées à la pince, en émail bleu. Haut., 34 cent.

4 — Verre analogue à celui qui précède. Haut., 29 cent.

5 — Verre sur pied élevé, formé d'enroulements à torsades émaillées de filets roses et blancs, et enrichi de parties en verre bleu travaillées à la pince. Haut., **28** cent.

6 — Verre analogue à celui qui précède. Haut., **25** cent.

7 — Autre verre analogue. Les parties travaillées à la pince sont en verre incolore. Haut., **24** cent.

8 — Joli verre, sur pied formé d'enroulements à torsades émaillées de filets bleus et blancs, et se terminant par des têtes d'oiseaux. Haut., **23** cent.

9 — Beau verre à couvercle à côtes torses et piédouche, orné de mascarons et de guirlandes en relief. Haut., **34** cent.

10 — Très-jolie petite coupe ronde à arêtes en relief, et pied formé d'enroulements à jour. Haut., **12** cent.

11 — Petit verre de Venise sur pied tors, avec parties émaillées bleu. Haut., **19** cent.

12 — Verre analogue à celui qui précède, mais sans émail bleu. Haut., **18** cent.

13 — Verre à coupe évasée sur pied élevé, garni de deux anses. Haut., **18** cent.

14 — Verre sur pied élevé, à trois boules superposées et à deux anses émaillées bleu. Haut., 18 cent.

15 — Joli verre de Venise à coupe évasée et pied à balustre, à filets d'émail blanc entre-croisés. Belle qualité.

16 — Deux gobelets à couvercle enrichis d'ornements filigranés en émail blanc.

17 — Deux verres sur pied à balustre, garni de deux anses travaillées à la pince et émaillées bleu. La coupe de l'un d'eux est gravée à la pointe.

18 — Petit vase en forme de cheval, en verre incolore, enrichi de parties émaillées bleu. Pièce curieuse.

19 — Coupe ronde à couvercle et sur piédouche, en verre incolore, à ornements en relief et pois d'émail bleu.

20 — Coupe analogue à celle qui précède ; le bouton du couvercle, en forme de cœur, est travaillé à la pince et enrichi d'émail bleu.

21 — Verre de Venise incolore, sur pied tors et à deux anses.

22 — Autre verre de Venise incolore, sur pied tors ; la coupe est garnie de deux anses.

23 — Coupe ronde et évasée, sur pied tors et à quadrilles.

24 — Petite coupe à six pans et à deux anses, en verre incolore et parties émaillées bleu.

25 — Verre de Venise, à coupe évasée, garnie de deux anses
composées d'enroulements en émail bleu.

26 — Petit verre sur pied élevé, garni de deux anses et d'an-
neaux en émail bleu.

27 — Petit vase à couvercle, de forme basse, en verre incolore et à deux anses, sur trois pieds en émail bleu.

28 — Flacon à couvercle, en verre incolore et à deux anses
enrichies de parties émaillées bleu.

29 — Deux pièces : petite aiguière en verre violet et filets
d'émail blanc, et burette en verre incolore et filets d'é-
mail blanc.

30-33 — Huit petites burettes en verre incolore, avec parties
émaillées bleu. Elles seront vendues par deux.

34 — Petit hanap et son plateau en verre incolore, enrichis
de filets d'émail bleu.

35 — Vase à panse aplatie, en forme de coquille et à deux
anses émaillées bleu.

36 — Petit vase en forme d'animal fantastique ailé, en verre
incolore et filets d'émail bleu.

37 — Deux tasses et deux soucoupes en verre-agate de Venise. Les tasses et une des soucoupes sont enrichies de parties aventurinées.

38 — Deux flacons, l'un d'eux en verre de Venise marbré rouge et blanc, et l'autre en verre-rubis monté en vermeil.

39 — Deux pièces : coupe ronde sur pied élevé, à anses en émail bleu ; et coupe basse à filets d'émail jaune et à anse en verre bleu.

40 — Deux vases à couvercle, de forme cylindrique, en verre incolore avec parties émaillées bleu. L'un d'eux a un pied à balustre.

41 — Vase en forme de baril, à bandes et filigrane d'émail blanc et enrichi de mufles de lion en relief.

42 — Deux flacons à panse cylindrique, en verre incolore et filets d'émail blanc.

43 — Joli vidrecome allemand portant les armes de l'empire d'Allemagne finement émaillées en couleurs et rehaussées d'or.

44-45 — Quatre beaux verres de Bohême à figures et ornements très-finement gravés. Ils seront vendus séparément.

Faïences

46 — Fabrique d'Urbino. — Grand et beau plat rond, représentant Curtius se précipitant dans le gouffre.

Il porte au revers l'indication du sujet ainsi que l'inscription suivante : 1542, *fata in botega de Guido de Merlino in San Polo*. Beau décor, émail très-brillant. Diam., 38 cent.

47 — Même fabrique. — Petit plat rond, à sujet de personnages tiré de la vie d'Annibal, finement peint en couleurs.

48 — Même fabrique. — Petit plat rond, à décor en couleurs, représentant un sujet de personnages.

49 — Même fabrique. — Coupe ronde à godrons, présentant au centre une figure d'amour et décorée au bord de branches de chêne, sur fond vert et sur fond bleu.

50 — Même fabrique. — Deux plateaux sur piédouche, décorés d'arabesques et présentant au centre une figure d'amour.

51 — Deux très jolies petites bouteilles en ancienne faïence de Delpht à décor polychrome, fleurs et ornements rehaussés d'or. Qualité rare.

52 — Petite bouteille de même faïence et de décor analogue.

53 — Petit vase de même faïence et de même qualité.

54-55 — Quatre belles assiettes en ancienne faïence de
Delpht, avec décor polychrome très-riche et portant les
armes de Prusse rehaussées d'or. Elles seront vendues
séparément.

56 — Beau plat de même faïence et de même décor.

Manuscrits

57 — Très-beau manuscrit allemand du xv⁵ siècle, in-8° sur vélin, enrichi de trente-six miniatures et lettres initiales ornées de figures, et à encadrements composés d'ornements
et de figures très-finement exécutés. Dans une belle re-
liure en cuir à ornements et médaillons dorés, portant la
date de 1544.

58 — Horæ Mariæ Virginis. Manuscrit in-8 sur vélin, avec
calendrier orné et enrichi de douze miniatures et d'encadrements en couleurs rehaussés d'or. Il est suivi de
prières en français. xv⁵ siècle.

59 — Horæ Mariæ Virginis; imprimé in-8 sur vélin, par
Thielmann Kerver, 1545. Enrichi de planches et encadrements gravés sur bois.

60 — Cinq feuilles in-folio provenant d'un livre de plain-
chant, manuscrit sur vélin, enrichi de lettres initiales et
bordures richement ornées en couleurs et or. xiv⁵ siècle.
O. d'A.

Émaux et Bijoux

61 — Joli bijou du xvie siècle, en forme de cerf en or émaillé enrichi de rubis, d'émeraudes et de perles.

62 — Collier à maillons en filigrane d'or enrichis de parties émaillées noir. Époque Louis XIII.

63 — Couteau et fourchette à manches en agate orientale, montés en filigrane d'or. La fourchette est en or massif. Étui en peau de chagrin. Époque Louis XIII.

64 — Jolie montre à cuvette émaillée représentant Persée délivrant Andromède ; monture en or. Époque Louis XV.

65 — Souvenir du temps de Louis XVI, en ivoire, monté en or gravé et enrichi de miniatures sur ivoire.

66 -- Jolie peinture sur émail de forme ovale représentant des jeux d'enfants, dans le style de Boucher. Époque Louis XV.

67 — Médaillon ovale représentant un groupe d'amours finement peints en grisaille sur fond rosé. Même époque.

68 — Deux petits émaux ovales représentant des groupes d'amours peints en camaïeu sur fond rose. Époque Louis XV.

69-70 — Quatre émaux du temps de Louis XIII, sur or et sur cuivre, à sujets de personnages, qui seront vendus séparément.

71-72 — Huit portraits peints sur émail, et dont deux son. sur or. Ils seront vendus par deux.

73 — Flacon en or repoussé à figures et ornements rocaille et enrichi de fleurs émaillées. Époque Louis XV.

74 — Deux pendeloques et une Sévigné en or émaillé. Époque Louis XIII.

75 — Petite croix en or émaillé, enrichie de diamants. Travail de la fin du xvie siècle.

Orfévrerie

76 — Très-beau vidrecome en argent doré, repoussé à figures et ornements de très-beau style. Son anse est enrichie d'une tête de génie. xvie siècle.

77 — Autre vidrecome en argent repoussé et doré. Son pourtour présente des ornements à rinceaux et des groupes de fruits. Son anse est ornée de figurines en relief. xviie siècle.

78 — Jolie écuelle et son plateau en argent doré. à ornements finement gravés et enrichis de bustes en relief. Époque Louis XIV.

79 — Sucrier en forme de boîte contournée, en argent doré, de même style que la pièce qui précède. Il présente des médaillons de personnages très-finement ciselés en relief.

80 — Figurine de Saint-Sébastien et deux petits anges en argent. Travail très-fin du XVIe siècle.

81 — Flacon sur piédouche et à deux anses, en argent repoussé à coquilles et ornements.

82 — Joli petit cadre de forme ovale, en argent doré, enrichi de cariatides d'amours et de cornes d'abondance finement ciselées. Époque Louis XIV.

83 — Très-belle couverture de livre en argent doré, composée d'ornements à rinceaux. de mascarons et d'oiseaux finement ciselés et découpés à jour. Époque Louis XIII.

84 — Autre couverture de livre en peau de chagrin, enrichie d'ornements et de figures en argent ciselé, doré et découpé à jour. Époque Louis XIV.

85 — Couverture de livre garnie d'ornements de style rocaille, en argent ciselé, doré et découpé à jour. Époque Louis XV.

Objets en fer

86 — Plaque de forme carré long en fer damasquiné en or et
en argent, représentant un médaillon de paysage avec
entourage de rosaces et d'ornements. xvie siècle.

87 — Très-belle paire de grands ciseaux et un couteau for-
mant cachet, en acier richement damasquiné, à figures,
fleurs et ornements en or et en argent. Gaîne en maro-
quin à ornements dorés

88 — Deux cadres en fer repoussé à feuillages et ornements
en forme de losange. Époque Louis XV.

89 — Petit lustre de même époque en fer forgé, à feuillages
peints en couleurs.

90 — Serrure en fer de la fin du xvie siècle, accompagnée de
sa clef.

91-92 — Quatre paires de bras porte-lumières en fer forgé et
doré, à feuillages et rinceaux. Époque Louis XIV. Ils seront vendus par paire.

93-94 — Quatre paires de bras analogues à ceux qui précédent, mais plus petits. Ils seront vendus par paire.

95 — Croix en fer, damasquinée en or.

96 — Cachet en fer, damasquiné en argent.

97 — Deux guéridons sur trépieds en fer forgé.

98 — Deux guéridons analogues à ceux qui précèdent.

Objets variés

99 — Quatre écoinçons enrichis d'ornements champlevés sur cuivre et émaillés en couleurs. Travail de Cologne au XIIIe siècle. Qualité rare.

100 — Joli flambeau sur pied triangulaire, en bronze doré, composé d'animaux fantastiques et d'ornements découpés à jour. Son bassin est décoré d'ornements champlevés et émaillés en couleurs. XIIIe siècle.

101 — Figure de sainte femme assise, en cuivre rouge doré. Travail de la fin du XVe siècle.

102 — Six plaques de forme carrée; peintures en émaux de couleurs, rehaussées d'or par Jean Pénicaud. Elles représentent des sujets tirés de la Passion.

103 — Coupe ronde en émail de Limoges ; peinture en grisaille, représentant la manne tombant du ciel. Elle offre
à l'extérieur des figures d'enfants et des festons de lau-
riers.

Huit jolis médaillons ronds en bois finement sculpté
présentant en relief les bustes des personnages ci-après :

104 — Jean-Frédéric de Saxe.

105 — Frédéric le Sage, électeur de Saxe.

106 — Julie, duchesse de Saxe.

107 — Balthasar de Fronsberg.

108 — Ferdinand Ier, jeune.

109 — Frédéric de Brandebourg.

110 — Éléonore, reine de France.

111 — Marguerite de Fronsberg.
Ces médaillons seront vendus séparément.

112 — Petite horloge horizontale de forme carrée, en cuivre
doré, présentant sur chacune de ses faces des ornements
et des animaux en relief. Ses pieds sont formés de cariatides découpées à jour. XVIe siècle.

113 — Horloge de suspension du temps de Louis XIII, avec cadran en argent finement gravé, à figures. Elle marque les quantièmes, les phases de lune, etc. Pièce curieuse.

114 — Deux bras-appliques à une lumière, en cuivre repoussé et argenté, à rinceaux, et présentant à leur centre un écusson armorié. Époque Louis XIII.

115 — Deux flambeaux à large base, en cuivre jaune poli. Époque Louis XIII.

116 — Deux autres flambeaux de même forme que ceux qui précèdent, à fleurs et ornements gravés.

117 — Vase à couvercle, en métal de cloche, à mascarons et ornements à rinceaux en relief. XVIe siècle.

118 — Vase analogue à celui qui précède.

119 — Petite coupe ronde en lapis lazuli, sur pied en argent à rinceaux découpés à jour.

120 — Jolie tapisserie du XVe siècle, représentant la Cène sous des arceaux de style gothique. A droite et à gauche se trouvent des figures de prélats debout. Cette tapisserie est enrichie de parties tissées en fin.

Meubles

121 — Magnifique ameublement de salon du temps de
Louis XIV, en bois sculpté à fleurs et ornements, garni
de tapisseries à fleurs. Il se compose de douze grands fau-
teuils et de deux canapés. Ces meubles sont remarquables
par leur conservation.

122 — Belle table de changeur de la fin du xve siècle, en bois
sculpté. Elle présente sur trois de ses faces une frise d'ornements à r... eaux de style gothique finement sculptés et
découpés à jour.

123 — Belle crédence en bois sculpté ; elle est enrichie, à sa
partie inférieure, de colonnes cannelées, de mufles de
lion et de figures sculptées en bas-relief. La partie supé-
rieure du meuble a ses angles formés de figures sculptées
en ronde bosse, et ses portes présentent des figures en bas-
relief. Travail de la fin du xvie siècle. Larg., 1 mètre
45 cent.

124 — Beau meuble du temps de Louis XIII, en marqueterie
de bois à fleurs et ornements, et enrichi de cariatides en
bois sculpté.

125 — Très-grand meuble en bois sculpté, à deux corps, à
quatre portes et tiroirs. Il est orné de médaillons de personnages, de mufles de lions et d'ornements à rinceaux.
Larg., 1 mètre 88 cent.

126 — Grand bahut en bois sculpté, orné de quatre panneaux à bustes et ornements à rinceaux. XVIᵉ siècle.

127-129 — Six belles glaces vénitiennes à figures et ornements gravés, et à bordures en bois sculpté et doré à figures, fleurs et ornements. Elles seront vendues par paire.

130 — Très-joli cabinet italien fermant à deux ventaux, en bois d'ébène, enrichi d'incrustations très-finement gravées à figures dans le style de Callot, et présentant sur chacun de ses tiroirs les bustes des ducs et duchesses de Milan.

131 — Cabinet italien en bois d'ébène, enrichi d'incrustations d'ivoire à rinceaux ; la porte de son tabernacle est de forme monumentale.

132 — Petit cabinet italien avec tiroirs et porte à abattant, en bois d'ébène enrichi d'incrustations d'ivoire représentant des figures et des ornements à rinceaux.

133 — Cabinet italien analogue à celui qui précède.

134 — Autre cabinet italien à peu près pareil au précédent.

135 — Petit cabinet italien analogue.

136 — Joli cabinet à deux portes, en marqueterie de bois de

couleurs. Ses portes présentent, à l'extérieur, des figures
de cavaliers en costumes du xvie siècle. A l'intérieur, les
portes et les tiroirs offrent des cariatides, des figures et
des ornements à rinceaux. Travail du commencement du
xviie siècle.

137 — Joli dessus de table en bois peint, à médaillons représentant des monuments et des paysages, et enrichi d'ornements et de fleurs en couleurs et or sur fond imitant le
lapis. Travail italien du temps de Louis XIII.

138 — Petite papeterie en marqueterie d'écaille et ivoire.
Travail du temps de Louis XIII.

RED. :

19

MIRE ISO N° 1
NF Z 43-007
AFNOR
Cedex 7 - 92080 PARIS-LA-DÉFENSE

graphicom

0 1 2 3 4 5 6 7 8 9 10

BIBLIOTHEQUE
NATIONALE
DE FRANCE

****

CHATEAU
DE
SABLE
1995